le petit Lapin Bl

Ses premières grandes aventures

Illustrations de C. Busquets et de M.A. Batlle
Texte de J. Thomas-Bilstein

Éditions Hemma

Peut-être avez-vous déjà vu une cigogne, mais vous n'avez sûrement jamais ressenti autant d'émotion que quand Monsieur et Madame Lapin en ont vu une approcher leur maison: enfin, ils allaient être parents!

Tout aurait été merveilleux si, en ouvrant le balluchon de la cigogne, n'était apparu un petit lapin... tout bleu! Cela ne plut pas à Papa Lapin; quant à la maman, elle estima qu'on avait dû se tromper de peinture! Qui sait?

La première nuit qu'il passa à la maison, il n'y eut pas moyen de le faire dormir tant qu'on ne le mit pas dans un berceau-balançoire. Mais il trouva si amusant de se balancer qu'il fallut appeler une gardienne pour le veiller toute la nuit.

Le lendemain, son père lui fit découvrir la forêt. Il lui présenta aussi les lapins du voisinage, dont un petit lapereau comme lui : «Ce sera l'un de tes amis, désormais» lui dit Papa Lapin.

Les jours suivants, en compagnie de ses amis, il explora toute la forêt. Ainsi trouva-t-il trois magnifiques champignons : «Que cela doit être bon à manger!» s'écria-t-il. Heureusement pour lui, ses amis le retinrent car les champignons étaient vénéneux : il aurait eu sacrément mal au ventre!

Comprenant qu'il avait faim, ses amis lui cherchèrent de la nourriture, mais profitant qu'ils avaient le dos tourné, il cueillit à un arbuste des baies toutes rouges et très appétissantes. Hélas! lorsqu'il mordit dedans, elles étaient si amères qu'il les recracha en criant. Quant à ses amis, ils riaient aux éclats de son ignorance!

Enfin, il fit tant de bêtises au cours de la matinée que ses amis décidèrent de le reconduire chez ses parents. Pourtant, lorsqu'ils furent près de la maison, il aperçut, au bord d'un ruisseau, une jolie petite fleur qu'il voulut cueillir... et il tomba dans l'eau!

Heureusement, tous les animaux des alentours accoururent à son secours et il s'en tira avec plus de peur que de mal. En attendant, il avait pris, sans le vouloir, le premier bain de sa vie et, par la même occasion, il attrapa son premier rhume !

Lorsqu'il revint à la maison, ses parents le mirent immédiatement bien au chaud dans son berceau. Il leur promit d'être plus sage à l'avenir et, pour se faire pardonner, il offrit à sa maman la fleur qu'il avait si imprudemment cueillie. Et c'est cela qui donna à ses parents l'idée de l'appeler «Fleuron»!

Fleuron, le petit lapin bleu, part dans la forêt en compagnie de Lucette, sa cousine : ils ont décidé d'aller récolter des carottes pour l'hiver.
— Je connais un bon endroit! dit la petite lapine en souriant.

Noisette, l'écureuil, essaie d'attraper du poisson... mais sans succès.

– Bonjour! font les deux lapins. Viens-tu avec nous jusqu'à la clairière?

– Avec plaisir! répond-il en abandonnant sa canne à pêche sur les rochers.

Tout à coup, Lucette remarque des lumières scintillantes au fond d'une petite grotte.
– Ce sont peut-être des vers luisants! propose Noisette.
– Allons voir! décide Fleuron en traversant le ruisseau.
Les trois amis s'approchent sur la pointe des pattes et pénètrent prudemment dans la caverne.

— Ce sont des cailloux qui brillent ainsi! s'étonne le petit lapin bleu en ouvrant de grands yeux.

— Il y en a de toutes les couleurs! admire Lucette en sautant dans le coffre ouvert.

Les lapereaux et l'écureuil ne se rendent pas compte qu'ils viennent de découvrir un fabuleux trésor!!! Toutes ces richesses n'ont pas d'importance pour les animaux...

Soudain, l'éclair puis le tonnerre. L'orage s'approche
rapidement... Les premières gouttes de pluie commencent à
tomber sur la forêt.
— Dépêchez-vous de retraverser la rivière! s'écrie le vieux
hibou. Vite! Les eaux vont monter!
Fleuron, Lucette et Noisette abandonnent les pierres
précieuses et suivent ce bon conseil.

Les lapereaux récoltent quelques belles carottes, tandis que l'écureuil détache une grosse pomme de pin.

— Mettez-vous à l'abri! conseille la souris en courant vers sa maisonnette. Vous allez être trempés.

— Le panier est plein! avertit Lucette.

— J'arrive! répond Noisette. Allons jusqu'à la rivière et nous utiliserons un tronc d'arbre.

— Pour quoi faire? demande Fleuron, intrigué.
— Un radeau! répond Noisette.
Les trois amis prennent place sur le tronc... et le
courant les entraîne sans effort. Ils dévalent le cours
d'eau à vive allure.
— Tenez-vous bien! conseille Noisette en dirigeant
l'embarcation de main de maître.

Au dîner, tout en dégustant le savoureux potage préparé par mamy Croc, notre petit ami raconte leur aventure sur la rivière et la découverte des pierres multicolores dans la grotte. Tonton Croc lui demande :
— Pourquoi n'as-tu pas ramené quelques cailloux pour nous les montrer ? Cela m'aurait intéressé !
— J'ai préféré emporter de la nourriture, tonton !

— Tu as bien raison, mon chéri !
approuve papy Croc en prenant son
petit-fils sur ses genoux.
— Pourtant, ces pierres étaient si
belles ! regrette Fleuron.
— Souviens-toi de ceci, fiston : ce
qui est beau n'est rien à côté de ce
qui est nécessaire.

Fleuron et Lucette ont décidé de passer la journée dans la forêt. Mamy Croc leur a préparé un panier plein de bonnes choses à croquer : des feuilles de choux, des radis, des carottes, des navets,...
Le ciel est bleu, le soleil brille, la journée s'annonce bien.

A l'aide de plusieurs tiges de liseron, Fleuron a confectionné une balançoire. Lucette s'installe et son cousin la pousse en riant. Les lapereaux s'amusent follement, quand soudain :
— Venez vite! appellent Grigri, Cuicui et Fifi d'une voix angoissée. Bouboule est coincé sous un tronc d'arbre. Nous devons le sortir de là le plus rapidement possible.

Pauvre Bouboule! Il est en bien mauvaise posture avec
sa jambe gauche prise sous cet arbre.

— Rien de cassé? demande Lucette.

— Je ne crois pas… mais j'ai mal.

Fleuron, Noisette et Grigri introduisent une longue
branche sous le tronc, unissent leurs efforts et hop!
parviennent à libérer Bouboule.

— Merci beaucoup, mes amis! déclare l'ourson, un grand
sourire sur les lèvres. A bientôt!
Les quatre petits animaux se séparent... sans se douter que
du haut d'un arbre, Chenapan, le renard, les observe d'un
regard brillant de gourmandise.
— Miam! pense-t-il en se pourléchant les babines. Ces
lapins me semblent bien tendres et dodus.

Et le rouquin affamé passe à l'attaque.
— Attention! avertit Cuicui, affolé. Le renard!
Immédiatement, Fleuron saisit Lucette par la main. Les lapereaux se mettent à courir de toute la force de leurs petites jambes. Mais le rusé chasseur est très rapide et, à chaque enjambée, gagne du terrain.
Nos amis lui échapperont-ils?

Cuicui et Fifi n'ont pas perdu leur temps : ils se présentent au domicile des ours et expliquent toute la situation à monsieur Grosbrun.

— Il n'y a pas une minute à perdre! grogne l'ours de sa voix caverneuse.

Et il se lance au secours des lapins.

Grosbrun arrive juste à temps : Chenapan se préparait à croquer les deux lapereaux effrayés.

— Pitié ! implore le renard à demi étranglé par la grande patte du papa de Bouboule.

— Si je te reprends à tourmenter mes amis, gronde l'ours en fronçant les sourcils, je t'écrabouille !

Le renard ne demande pas son reste et, la tête basse, se retire dans la forêt en gémissant de douleur.

— Merci de votre aide! disent Fleuron et Lucette.

— Merci à vous d'avoir aidé Bouboule! ajoute monsieur Grosbrun. Vous pourrez toujours compter sur moi! Au moindre problème, je vous protégerai.

Les lapereaux oublient leur peur,
emportent leur panier à provisions et
rentrent à la maison.

— Au revoir! lancent les lapins.

— Bon retour! répondent les ours.
Petits amis lecteurs, n'oubliez pas qu'un
bienfait n'est jamais perdu.

Fleuron, le petit lapin bleu, va à l'école
pour la première fois. Son ami Bruno
l'accompagne et lui explique :
— On s'amuse comme des fous, car le
maître est très vieux et nous laisse faire
n'importe quoi.

En effet, maître Sam est un vieux hibou qui n'a pas d'autorité sur ses élèves. Pendant qu'il tente de leur apprendre l'alphabet, les écoliers se battent, lancent des avions de papier, grimpent sur les bancs, crient et renversent les encriers... sans prêter la moindre attention à ses explications.

En fin de journée, les élèves turbulents se hâtent de quitter la classe et se bousculent comme des sauvages... malgré tous les appels au calme de l'instituteur.
Canaillou, le blaireau, fait même un croc-en-jambe à Grigri, la souris.

Dans sa précipitation, Fleuron a oublié un livre dans la classe. Il revient sur ses pas et aperçoit le vieux hibou en train de balayer les saletés de ses élèves.

— C'est ainsi chaque jour! lui explique mademoiselle Sally. Les écoliers n'ont aucune pitié pour le malheureux maître Sam... C'est bien triste.

Ce spectacle fait beaucoup de peine à notre ami...
Fleuron se rend compte que les autres élèves et lui-même
se sont très mal comportés.
— Si tu veux te faire pardonner, lui conseille Cuicui, va
donc lui proposer ton aide.

Fleuron et Grigri transportent des bûches bien sèches jusqu'à la salle de classe. Fifi, quant à lui, et malgré sa petite taille, participe aussi en portant une grosse pomme de pin... Leur travail est récompensé quand ils voient un grand sourire sur le bec de maître Sam.
— Merci beaucoup, mes amis! dit le hibou.

Le lendemain matin, non loin de l'école...
— Nous devrions avoir honte de tourmenter ainsi notre
brave instituteur! Il nous consacre sa vie et nous nous
moquons de lui. Cela doit cesser immédiatement!

Tous les élèves comprennent la leçon. Aussitôt, ils se mettent à nettoyer les alentours de l'école... Noisette, Fleuron, Bouboule, Bruno. Grigri et Canaillou réparent la clôture tandis que Mimosa s'occupe du jardin aux fleurs.

– Je dois rêver! murmure le hibou en ouvrant de grands yeux. Ces petits sont adorables!

Les écoliers rentrent chez eux, tout heureux de leur bonne action.

— A demain, mes amis ! s'écrie Fleuron. Souvenez-vous de cette journée et essayez d'apprécier ce que les autres font pour vous.

Il a neigé toute la nuit. Au matin, en
ouvrant les volets, Fleuron est surpris
par l'aspect du paysage.
— Comme tout est beau et tranquille ! se
dit-il, rêveur. Mes copains ne tarderont
pas à sortir de chez eux pour profiter de la
neige. J'y vais aussi.

Malgré le froid, nos amis s'amusent comme des fous. Très
vite, une bataille de boules de neige s'engage entre
Bouboule le petit ours, Noisette l'écureuil et le lapin bleu.
— C'est injuste! s'écrie Canaillou qui déblaie l'entrée de sa
maison. J'arrive, Fleuron! On va leur en faire voir de
toutes les couleurs. A l'attaque!

Les animaux décident alors d'aller récolter des branches mortes dans la forêt pour faire du feu... Fleuron tire, Grigri et Frimousse poussent... et Noisette s'assied sur la luge. Les taupes dégagent leur terrier. Elles sont tellement myopes qu'elles ne s'aperçoivent pas du tout qu'elles lancent la neige dans l'habitation de leur voisine.

Arrivés sur les hauteurs, les animaux découvrent
du bois mort et le chargent sur le traîneau en
chantant :
 – Voilà du beau bois
Pour ne pas avoir froid.
Nous prendrons du bon temps.
En attendant le printemps.

— Et pour redescendre? demande Noisette.

— On se laissera glisser! répond Frimousse.
Aussitôt dit, aussitôt fait. Les quatre amis s'installent sur
la luge et s'élancent sans attendre... Quelle vitesse!
Le traîneau soulève des gerbes de neige... Ce qui ne plaît
pas du tout à monsieur et madame Boulou : tout leur
travail est à recommencer.

Malheureusement, un gros rocher, caché par la couche de neige, arrête brutalement la luge. Nos petits téméraires passent par-dessus bord dans un superbe vol plané involontaire.
– Aïe ! Aïe ! pense Tipiti, perché sur une branche de houx. Ça va faire mal !

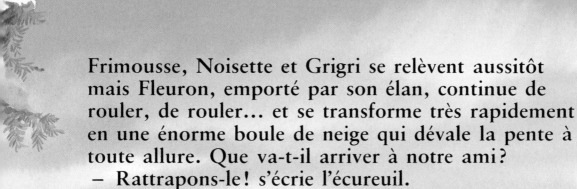

Frimousse, Noisette et Grigri se relèvent aussitôt mais Fleuron, emporté par son élan, continue de rouler, de rouler... et se transforme très rapidement en une énorme boule de neige qui dévale la pente à toute allure. Que va-t-il arriver à notre ami?
– Rattrapons-le! s'écrie l'écureuil.
– Il va trop vite! s'exclame la souris.

Quelle descente! Le lapin bleu voit des étoiles de toutes les
couleurs défiler devant ses yeux.
– Je vais me casser le cou! pense-t-il.
Et brusquement, baoum! Une barrière arrête le petit lapin
étourdi. Heureusement, la neige a amorti le choc. Fleuron
n'a même pas lâché sa branche morte, la seule rescapée du
chargement.

Les parents de Fleuron le
ramènent à la maison. Papa
allume un bon feu et met l'eau à
chauffer. Maman lui prépare un
potage bouillant... Ainsi, notre ami
n'attrapera pas la grippe.
– Quelle journée! pense-t-il. Je m'en
souviendrai longtemps.

L'école est finie. Fleuron rentre chez lui en
chantant. Sa maman lui ouvre la porte et lui dit
d'un air soucieux :
— Papa est malade et très fiévreux.

Le docteur Bill se trouve au chevet du malade et l'ausculte consciencieusement depuis quelques minutes déjà.
— Son cœur bat normalement, explique-t-il, sa tension est bonne mais impossible de faire tomber la fièvre... Même les glaçons sur sa tête n'y font rien.

— Voilà une ordonnance pour le pharmacien Legrand qui habite de l'autre côté de la forêt! reprend-il en s'adressant à notre ami. Il faudrait ces médicaments au plus tôt pour ton papa. Je te fais confiance, Fleuron.

— Vous pouvez compter sur moi, docteur! A bientôt, maman! Je serai vite de retour.

Le lapin bleu prend ses jambes à son cou et court à travers bois. Arrivé à la clairière, il rencontre ses copains qui disputent une partie de football.

– Viens jouer avec nous ! lui propose Canaillou. Tu remplaceras Miro comme gardien de but.

— Je n'ai pas le temps ! Je dois me rendre
chez le pharmacien : mon père est très
malade et a besoin de médicaments de
toute urgence.

— Je t'accompagne ! décide Noisette.

L'écureuil connaît bien la forêt. Après avoir emprunté quelques raccourcis, les deux amis atteignent enfin leur destination.

— Nous y voilà! dit Noisette.

— Tant mieux! soupire Fleuron. J'espère avoir le temps de rentrer avant la nuit.

Le lapin donne l'ordonnance au vieux pharmacien qui
commence aussitôt la préparation de la potion.
— Vous me semblez bien fatigués, mes chéris! déclare
madame Legrand. Buvez ce délicieux jus d'orange : il vous
rendra des forces. Vous en aurez besoin pour votre retour.
— Merci beaucoup, madame. Vous êtes très gentille.

Lorsque le médicament est enfin prêt, nos deux amis saluent monsieur et madame Legrand et s'apprêtent à retraverser la forêt. Malheureusement, la nuit est tombée et la lumière de la lune n'est pas suffisante pour guider leurs pas.

— Qu'allons-nous faire ? s'inquiète l'écureuil.
— Il nous faudrait une lanterne ! répond le lapin bleu. Ces vers luisants pourront nous porter secours.

Les animaux lumineux acceptent d'aider les petits égarés :
ils se rassemblent sur un champignon que Fleuron utilise
pour éclairer le sentier.
— Sans vous, dit-il, nous n'y serions jamais arrivés.
Raton et maman lapin accueillent nos amis à bras ouverts
et le sourire aux lèvres.

Fleuron raconte comment il a pu se guider dans le noir.
— Tu remercieras les vers luisants, dit le malade, et
demain, tu les ramèneras chez eux.
— D'accord, papa! Prends ton médicament et repose-toi!